La chatte du deuxième étage

ATELIER
ROUGE & OR

Leslie Baker

La chatte du deuxième étage

Pour Emma

Traduit de l'anglais par Noëlle de Chambrun

Publié pour la première fois aux Etats-Unis et au Canada
sous le titre *The Third-Story Cat* par Little, Brown & Company.

Dépôt légal : mars 1991
Imprimé par Mame à Tours
ISBN : 2-261-03277-3
Conforme à la loi n° 49956 du 16 juillet 1949
sur les publications destinées à la jeunesse.

Ne croyez pas qu'Alice soit une chatte des rues. Non, Alice vit au deuxième étage, en ville, avec Annie. Chaque jour elle regarde par la fenêtre. Ah ! si elle pouvait traverser la rue pour atteindre le parc ! Une fois, rien qu'une fois !

Un jour de printemps, Alice saisit sa chance. Annie a laissé la fenêtre entrouverte. En cachette, Alice s’esquive. Enfin, c’est la liberté et l’aventure !

Sur la pointe des pattes, elle se glisse sur la corniche.
Mais le vent souffle par tornades. Attention !

Tout à coup elle s'arrête. Une jardinière de géraniums barre la route. Que faire ?

Avec prudence, elle se faufile entre les plantes. Mais un papillon, surpris, jaillit des fleurs. Alice perd confiance.

Enfin elle arrive tout au bout de la corniche. Mais la rue semble si loin. On dirait un gouffre. Alice a le vertige.

Bravement elle s'élance sur le toit de la maison d'à côté.
C'est son premier grand saut dans l'inconnu un jour d'été !

Puis elle atterrit sur le trottoir. Un oiseau qui barbotait dans une flaque se met à piailler. Alice en ferait bien son déjeuner mais un bruissement soudain dans l'arbre voisin attire son attention.

C'est un chat tigré perché dans un arbre. Il lui fait
un clin d'œil puis disparaît entre les branches.
Curieuse, Alice ne peut s'empêcher de le rejoindre.

Descendus au pied de l'arbre, ils font gentiment connaissance
en échangeant câlins, caresses, ronrons et miaous.

Et les voilà qui traversent la rue et franchissent les grilles.

Enfin Alice découvre ce parc qu'elle a tant regardé de sa fenêtre !
Comme les pelouses sont larges et vertes !

Elle se roule avec ivresse dans les plates-bandes, sous les rires des petites filles espiègles.

Comme Alice s'amuse ! Le chat tigré la guide jusqu'à la fontaine.
Emerveillés, ils pêchent à la patte des poissons rouges et dorés.

C'est l'heure du dessert. Sous un banc, ils découvrent les restes d'un pique-nique. Cric ! Croc ! c'est bon et personne ne fait attention.

Voilà trois grands-mères bien sympathiques. Les deux chats font des mines, quêtant des caresses et des compliments. Ne sont-ils pas les plus beaux chats du continent ?

Puis ils vont rejoindre les enfants qui jouent aux billes.
Le chat tigré en attrape deux. Il a l'habitude, il triche un peu.
Il se fait tirer la queue.

Alice est fatiguée, c'est l'heure d'un bon bain de soleil,
mais le chat tigré préfère jouer à chat avec les écureuils.

Tout à coup un grondement interrompt la sieste d'Alice.
C'est un gros chien qui recherche le chat tigré pour jouer à chien
et chat, un jeu dangereux de griffes, de crocs et de gros dos.

Alice s'enfuit à toutes pattes en sens inverse. Mais le chien l'a remarquée et la poursuit en lui mordant la queue.

C'est une course ventre à terre. Heureusement Alice trouve refuge sur le dos d'une statue. Le chien décrit de larges cercles avec des aboiements furieux. Mais la chatte sur son perchoir le nargue en plissant les yeux.

Épuisé, le chien renonce et disparaît. La nuit est tombée.
Alice saute sur le gazon. C'est l'heure de rentrer à la maison.
Mais où est donc le chat tigré ?

Alice traverse la rue et remonte dans l’arbre. Voilà son nouvel ami sur le mur ! Il cligne de l’œil, la queue d’Alice ondule en signe d’amitié. Ils se retrouvent dans la nuit tombée.

C'est l'heure de rejoindre la maison en deux bonds : le toit d'abord, puis la corniche. Alice a appris à se débrouiller.

Mais la chatte du deuxième étage se retrouve devant la fenêtre fermée. Alors elle miaule à fendre les vitres.
Les passants lèvent la tête. Faut-il appeler les pompiers ?

Le visage d'Annie apparaît. Comme elle était inquiète ! Elle a tant cherché sa chatte adorée. Elle ouvre la fenêtre.

Dans ses bras, Alice se met à ronronner comme une petite locomotive. Heureuse d'être à nouveau la chatte du deuxième étage. Adieu au chat tigré, chat des jardins, des arbres et des fontaines et des poissons dorés !

Ou plutôt au revoir. A demain peut-être, si Annie va au marché, si la fenêtre est ouverte.